網戀

枕邊人

藍色水銀 著

天空數位圖書出版

序

愛情是很奇妙的，所有的愛情專家說的任何方法都有例外，最近常常看一些如何得到女人青睞的影片，或許大部分都很有道理，但終究只是道理，在男女相處的時候，有太多太多的變數，而且，是無解題。

舉一個真實的例子好了，那一年，我只有十七歲，一個朋友非常喜歡一個同校的女孩，要我幫忙遞情書，當我找到那個女孩的時候，她正跟隔壁班的男生在親吻，所以情書就沒有轉交，過了幾個月後，她跟隔壁班男生分手了，不過女孩的男朋友卻變多了，我分別在學校附近跟電影院旁看到她，跟不同的男孩親熱，最讓我驚訝的是她在週末夜濃妝艷抹，出現在我打工的地方，醉醺醺的被一個渾身刺青的男人抱著，那一年，這個女孩只有十九歲。當她素顏的時候是那麼的清純、可愛，但又有誰知道她有那麼多的情史，還有故事。但我的朋友很癡情，一直對女孩念念不忘，我只好帶他到酒店外守候，讓他徹底死心，這就是無解題的一種。

另一個無解題，另一個同樣看似單純、可愛的女人，總是出現在各大飯店的咖啡廳，那些看上她的老男人們以為是豔遇，甚至以為是第二春，但那女人豈是省油的燈，當付出了許多金錢與時間後，終於可以跟對方上床，卻在衣服脫了一半時冒出一個男人，甚至還帶了一個小孩，對方會宣稱是女人的丈夫，或許電影跟電視都演過了，不過，真實生活中也確實有這樣的女人，我就認識過一個，還好，我先認識的是她的小孩，所以我沒被騙，不過她的丈夫被一群人打成殘廢，聽說後來他自殺了，而這女人搬走了，故事也沒了下文。

　　許多看似恩愛的夫妻或情人，也會因為一個奇怪的理由就離婚或分手，我的一個親戚，男的努力工作，女的勤儉持家，不過，女人喜歡看一些關於兩性相處的節目，久而久之變得疑神疑鬼，明明男人把賺的錢全交出去了，只留下吃飯、抽煙、加油的錢，卻仍然被女人懷疑有外遇，甚至惡言相向，男人忍無可忍，終於離家出走，女人跑來我家訴苦，說男人不見了，真的外遇了，哭的呼天搶地，但實情是男人跑到祖傳的農舍裡住一個星期，只為了不跟妻子衝突，還有耳根清靜，男人最後

在兒子跟孫子的勸說下回家，但跟妻子陷入多年的冷戰，據說，有好幾年都不跟對方說話。他遇到了多疑且不講理的女人，且這個女人斬釘截鐵的認為自己的丈夫有外遇，這又是個無解題，不是嗎！？正所謂秀才遇到兵，有理說不清！不管這個男人是否有外遇？他把大部分收入拿出來給妻子，其實就已經說明他不太可能外遇了，因為他連去汽車旅館的錢都沒有，甚至請別人吃一頓飯的錢也沒有，試問，這樣的男人要如何外遇？更何況他準時上下班，也準時回家，那來的時間在外面鬼混？面對這樣的妻子，他躲在農舍真的是非常委屈，不得不說，他的妻子實在太不像話了，後來，我終於知道了導火線是男人的女同學，兩人在街上不期而遇，聊了一個多小時，被鄰居看到，傳到他的妻子那邊，因此醋勁大發，然而，男人跟女同學只是聊天，而且之後也沒再聯絡，在我看來，有問題的是女人，因為男人把收入交給女人，每個月至少可以存一萬至一萬五，十幾年下來，應該要有一百萬以上的存款，沒想到卻被銀行催債，因為女人把房子拿去貸款，繳不出四百萬的貸款跟利息，事情終於爆發，幸好兒子有點存款，繳了一半，後面再慢慢的處理，最近應該已經繳完了，但是，女人始終沒有交代那五百多萬的

下落，當然，男人也不可能原諒這樣的妻子，所以兩人就這樣一直冷戰下去。

　　當事情不是發生在自己身上時，我們總認為可以解決，但實際的情況常常比我們想的還要複雜許多，有些問題可以解決，有些卻是死結加死結再加一個死結，想解開也許辦得到，但卻要付出非常巨大且慘痛的代價，得失之間，全憑當事人自己衡量，外人實在無法給什麼建議。

目錄

01 網戀枕邊人

49 同床不愛你

網戀枕邊人

壹：吵　架

「為什麼這麼晚回來？」客廳裡，一個女人用強硬的口吻質疑她的丈夫。

「加班。」男人無奈的回答，因為他真的很累了，累到回家就只想躺下休息，但那女人並不打算放過他。

「騙誰，我剛剛打電話去公司，根本沒人。」

「辦公室鎖著，電話當然沒人接。」

「你的電話也沒接。」

「我是黑手，機器的聲音那麼大，沒聽到電話響是正常的，我累了，可以先讓我洗澡嗎？」

「不行，你沒說清楚，我是不會讓你休息的。」

「不可理喻。」男人說完，氣呼呼的把又髒又帶有工廠臭味的工作服脫掉，直接走進浴室洗澡去了。

「林志強，你有種。」女人也氣呼呼的打開衣櫥，拿了一個行李箱，開始塞一些衣物，沒等到男人洗完澡，就拉著行李箱離家出走。

「去那裡？」計程車司機問。

「高鐵站。」女人攔了車，急於離開家。

「小姐，現在已經晚上十一點半，末班車已經開走了。」

「那就直接載我去高雄。」

「對不起啊！我很累了，我現在沒辦法開那麼遠。」

「載我去台中火車站附近，我要找一家旅館。」

「妳的預算多少？」

「隨便，不要太貴的就好。」

「奇怪？跑那裡去了？」林志強洗完澡，看不到老婆，自言自語說。

「累死了，先睡覺再說。」於是他一覺到天亮，接著又出門上班。

「林志強，你有種，敢不理我。」這女人買了一瓶 700CC 的威士忌，進了旅館房間內，一口就喝了半瓶，開始瘋言瘋語，完全失控。

「我告訴你，我李小蘭不是沒人要，只不過我還沒跟你離婚，把我惹毛了，我就讓你有戴不完的綠帽。」

「不服氣嗎？我明天就出軌給你看。」

「怎樣？這個小鮮肉比你帥多了。」於是李小蘭就這樣自言自語了幾小時，醒來的時候已經是第二天中午。

「妳好，這裡是櫃台，請問要繼續住還是退房。」

「退房？這裡是那裡？」李小蘭被電話吵醒，不過，她似乎還在宿醉中。

「這裡是東元旅店。」

「現在幾點了？」

「十一點半。」

「退房好了。」走到浴室，看到臉上的妝花了，兩行淚痕讓眼影在臉上留下兩條黑線，李小蘭坐在馬桶上，又開始哭了。

「妳好，這裡是櫃台，已經超過十二點，如果您不下來辦退房或是續住，我只好請清潔人員開門了。」

「續住好了，等我半小時。」

「好的，謝謝您。」李小蘭打開皮包，裡面只有一張一千元的鈔票，於是她決定乖乖回家。

「對不起，我決定不續住了。」就這樣，李小蘭回家了。

「妳昨晚跑那去了？」林志強今天不加班，一下班就回家。

「要你管！」

「我是關心妳。」

「我不需要你關心。」

「妳到底想怎樣？」

「不想怎樣。」

「那就麻煩妳正常一點。」

「什麼叫正常一點，你給我說清楚。」

「自己照鏡子。」林志強走出桌子旁，拿了一面鏡子遞給李小蘭。

「要你管！」李小蘭看著兩行淚痕讓眼影在臉上留下兩條黑線，情緒失控的大叫。

「懶得理你。」林志強說完便穿上鞋子，自己走到附近的牛肉麵店吃晚餐，無論李小蘭怎麼大叫，他都不理。

「林志強，你給我回來！」

貳：網　戀

於是李小蘭從太平搭了公車，到台中市找了一家網咖，包台十二小時，她一坐下，便開始搜尋交友網站，她心想，自己非常喜歡詩，乾脆就找一個男詩友吧！

搜尋了一個多小時，李小蘭終於找到一個現代詩人，筆名叫微觀，就在剛剛發表了一首詩，還附了一張照片，上面有兩隻綠色的昆蟲在交配。

綠葉上頭有綠蟲，細看此刻春意濃

瘦小是雄大為雌，或許雙雙陶醉中

李小蘭立即用小小草的筆名回應：好詩

6

微觀：謝謝小小草

　　就這樣，李小蘭掉進微觀的世界裡。

偶爾現芳蹤，孤身進花叢。

振翅顯高雅，來去都匆匆

(附上的是一張鳳蝶的照片)

小小草：你好厲害，照片拍得很棒，詩也很棒。

微觀：謝謝小小草

曾經叱吒風雲，橫掃千軍

如今族群稀少，盛況不再

曾經倍受恩寵，保護有加

如今棄如敝屣，遍地難尋

(附上的是一張稀有瓢蟲的照片)

小小草：你是我的偶像

微觀：謝謝小小草，這麼晚了還不睡？

小小草：睡不著

微觀：怎麼了？

小小草：跟老公吵架

微觀：這麼巧，我也跟老婆吵架

小小草：這麼說，我們是同病相憐

微觀：算是吧！

小小草：我逛了一下，發現你寫了五百多首詩，好厲害

微觀：這沒什麼，胡謅的

小小草：不，你真的很有才華

微觀：謝謝小小草錯愛

小小草：連回應都文謅謅的，我喜歡

微觀：隨意寫寫，承蒙小小草厚愛，實在愧不敢當

小小草：這麼多昆蟲照片，在那裡拍的？

微觀：多半在中正露營區

小小草：北屯那個中正露營區？

微觀：對啊！

小小草：我常去那裡爬山，說不定我們見過

微觀：應該吧？

小小草：你在網上有自己的照片嗎？

微觀：沒有

小小草：你又不是賭神，幹嘛不拍照

微觀：中年男子，有什麼好拍的？

　　兩人就這樣你一言我一語的聊了幾百句，直到微觀跟她說：晚安，先睡了。

小小草：晚安

　　李小蘭看了一下電腦螢幕上的時間，才凌晨三點半，於是她決定把微觀的部落格仔細的翻一遍。微觀是個知名的部落客，總點閱次數約三百五十萬次，每篇文章的點閱次數也都超過一千次，除了詩，他也寫一些散文，還有短篇小說，相簿裡，多半是昆蟲的照片，還有中部的知名景點，短短不到半天，李小蘭就開始幻想跟微觀談戀愛的樣子。

兩人一起在中正露營區的產業道路上手牽手，散步、找昆蟲、拍照、有說有笑，兩人甚至在無人的黑色沙灘上擁吻，不過，這只是她的夢，她只是睡著了，開放空間的網咖，一群男生進入網咖後開始喧嘩吵醒了她的美夢，額頭上一條深深的痕跡，睜眼雙眼一看，左右坐了三個十八歲左右的男生，螢幕上都是天堂二的遊戲畫面。李小蘭走到廁所，整理了儀容之後，一篇又一篇的看了微觀的文章跟照片，字裡行間充滿感性與真實的情感，她相信，她找到喜歡的人了。

　　李小蘭花了整整一個星期，每天都到相同的網咖，也只上相同的部落格，終於把微觀在上面的發文都掃過一遍，她發現，很多地方都跟林志強去過，尤其是南投的忘憂森林、苗栗的後龍水尾，這兩個地方的照片讓她回想起兩人甜蜜的過去，只是現在都成了回憶，想到這裡，她又掉淚了，只是今天的她脂粉未施，不會留下淚痕，拿起面紙擦去眼淚，眼睛下方的皮膚上有不少斑，儘管如此，李小蘭還算是個漂亮的女人，身材也維持的還不錯。

參：相互吸引

微觀被李小蘭連續一個月的留言所打動，開始用臉書的訊息打情罵俏。

小小草：可以問你的一些私人資料嗎？

微觀：能回答的我就答

小小草：現在幾歲？

微觀：三十七

小小草：比我多五歲，在那裡高就？

微觀：工人，不值得提

小小草：這麼謙虛

微觀：是真的，混飯吃而已

小小草：平常喜歡的休閒？

微觀：拍照、騎車兜風、看夕陽、看電影、看書、上網衝浪

小小草：上網衝浪？

微觀：在網路上得到各式各樣的訊息

小小草：我懂了，我也喜歡看電影跟看書

微觀：都不出去玩嗎？

小小草：想啊！沒人陪

微觀：也許以後我可以陪你

小小草：為什麼是也許？

微觀：別忘了，你跟我都結婚了

小小草：我想離婚

微觀：愛情很奇妙吧！喜歡的時候想要跟對方綁在一起，不喜歡了，就想把他一腳踢到外太空

小小草：哈～～～一腳踢到外太空

微觀：對啊！我現在就很想把老婆踢到外太空去

小小草：這麼糟？

微觀：家裡不整理就算了，最近很少在家

小小草：好像在說我

微觀：妳也是嗎？

小小草：我跟他在冷戰

微觀：我們又同病相憐了

小小草：喜歡什麼樣的女人？

微觀：臉蛋看得順眼、身材凹凸有致、有內涵

小小草：不知道我的臉蛋是否合你的味？

微觀：哈～～～妳不覺得這個暗示太明顯了

小小草：我真的很喜歡你的才華啊！

微觀：理想跟現實的差距很大的喔！

小小草：你又沒見過我，怎麼這樣說啊？討厭

微觀：我是怕妳對我期望太高而已

小小草：我對男人的要求很簡單啊！關心我、呵護我

微觀：這又沒什麼！難道妳老公不關心妳？

小小草：他不肯跟我聊天，老是用很多理由逃避

微觀：也許他真的很忙啊！

小小草：我才不信，那個破公司，能忙什麼？

微觀：很難說啊！我的工作，就經常需要加班，很累的

小小草：辛苦了

微觀：混飯吃嘛！總要付出代價的

小小草：說的也是，但也不能冷落老婆啊！

微觀：這妳就不懂了，男人累了一天，要的就是充分的休息，如果妳還在小事上煩他的話，他會非常不高興的

小小草：好像又在說我，難道我錯了嗎？

微觀：夫妻間沒有那麼多對錯，是要互相體諒

小小草：可是，他以前對我百依百順的

微觀：那就對了，他以前事事順著妳，為什麼現在不願意了？

小小草：他不愛我了嗎？

微觀：很難說，我覺得妳應該找個好時機，好好跟他談談

小小草：不想主動談，為什麼不是他主動談？

微觀：也許他面子掛不住

小小草：要什麼面子？

微觀：在外面，留面子給老公是很重要的，他是妳的男人，不是妳的奴隸

小小草：所以，我又錯了？

微觀：我剛說了，要互相體諒

小小草：可是，他一直惹我生氣

微觀：這就對了，他只是想要引起妳的注意和關心

小小草：注意什麼？

微觀：看起來，妳不怎麼關心他

小小草：聊點別的吧！

微觀：妳想聊什麼？

小小草：為什麼你可以寫出那些詩啊？

微觀：用**心**啊！

小小草：不懂

微觀：凡事都用**心**妳自然會明白

小小草：好難懂

微觀：不難的，只要妳想要，自然就做得到

小小草：還是不懂

微觀：沒關係，久了妳就會明白

小小草：好深奧

微觀：用心就不深了

小小草：好吧！我投降，那些照片很漂亮，有什麼訣竅？

微觀：就用**心**啊！

小小草：有答跟沒答一樣

微觀：好吧！妳有沒有對什麼是渴望得到的？

小小草：愛情啊！

微觀：那妳用心經營了嗎？

小小草：沒有

微觀：既然沒有用**心**，那又怎能得到真愛

小小草：我該怎麼做？

微觀：自己找答案，我沒辦法幫妳回答，就像妳剛才的暗示，如果我們兩個要開始談情說愛，就必須放棄各自的家庭

小小草：我不知道

微觀：其實妳心裡還有他，所以妳現在還沒辦法跟我談戀愛

小小草：我懂了

微觀：該睡了，晚安

小小草：晚安

肆：訴 苦

李小蘭連續兩個月的脫序行為，惹得林志強非常不爽，他終於還是爆發了。

「妳最近都不在家，跑那裡去了。」

「要你管。」

「不是管，是關心。」

「哈～～～關心？我才不信。」

「如果妳覺得不用我關心，那以後我就不關心了。」

「你說什麼？」李小蘭拉高嗓門大聲回應。

「妳聽到了。」

「林志強，你有種，敢這樣跟我說話。」

「為什麼不敢？」

「你以前對我百依百順的，現在竟然這樣對我。」

「怎樣對妳？我為妳付出一切，得到了什麼？什麼都沒有，妳只是把我當成工具，呼之則來，揮之則去。」

「氣死我了，你敢這樣欺負我，我跟你沒完沒了。」

「誰欺負誰了？我辛辛苦苦上班又加班，妳不但不體諒，家裡也不整理，妳看看那堆衣服，幾天沒洗了？」林志強比著地上數十件衣物，難怪他會生氣。

「自己不會洗！」

「好，我自己洗。」林志強說完，彎腰把衣服分成兩堆，一堆是他的衣物，拿去洗衣機中洗，另一堆則留在原地。

「你什麼意思？」

「沒什麼意思！」

「你最好說清楚，不然我們就離婚。」

「好啊！誰知道妳最近是不是跟小王在一起。」

「有種你再說一遍！」

「妳連續兩個月，天一黑就往外跑，第二天早上才回來，妳覺得我是笨蛋嗎？」

「我只是去網咖。」

「家裡有兩台電腦，也有筆電給妳用，去網咖？我看是去汽車旅館吧？！」

「我真的只是去網咖。」

「我才不信。」

「你敢懷疑我！」

「不是懷疑，是合理的推測，家裡可以舒舒服服上網妳不要，偏偏跑去複雜又吵鬧的網咖，鬼才相信妳。」於是兩人又吵了一會，林志強確實比較有理，儘管李小蘭只是在網咖跟微觀聊天。

小小草：我快氣死了

微觀：又吵架了？

小小草：他一直頂嘴，以前不會這樣的

微觀：人是會變的

小小草：可是，他從來不會惡言相向的

微觀：何不先問問妳自己，最近做錯了什麼？

小小草：我每天晚出早歸，到網咖跟你聊天啊！

微觀：真的嗎？

小小草：當然是真的

微觀：難怪他會跟妳吵架啊！他一定認為妳外遇了

小小草：你怎麼知道？

微觀：一個女人晚上在外面，天亮才回家，丈夫怎麼可能忍受得了！

小小草：你怎麼知道我晚上在外面，天亮才回家

微觀：妳都晚上七點半準時上線，早上七點離線，從不例外

小小草：這麼明顯嗎？

微觀：留言是有註記時間的，而且我們每天都聊很久

小小草：真的很久嗎？

微觀：有一次，是聊了四小時，最短也有一小時

小小草：可是，我明明沒有外遇，為什麼他卻一口咬定我有外遇？

微觀：你們有多久沒愛愛了？

小小草：問這幹嘛？

微觀：如果妳一直不肯跟他愛愛，又每天不在家，他當然會認為妳已經外遇啦！

小小草：大概有四五個月了

微觀：那就對了，妳不肯跟他愛愛，還天天往外跑那麼久，任何一個男人都會懷疑的

小小草：我該怎麼做？

微觀：我不會給妳答案，因為妳的做法，沒有男人會相信妳沒有外遇

小小草：你也不信嗎？

微觀：我信也沒用，我們只不過是網友，我無法為妳證明什麼？我能證明的，是妳跟我聊天的時間，真正可以證明的，是網咖的員工，不是嗎？

小小草：他今天還要求我把家事做好，以前他都會主動幫我做的，沒想到現在會變成這樣？

微觀：也許他真的很累，沒辦法做，又看不下去家裡的情況啊！不是嗎？

小小草：不就是衣服沒洗，還有地板髒了點

微觀：妳這兩句話有問題，衣服怎麼可能由他洗，他還要上班，洗衣服很花時間的，不是嗎？我猜，妳應該也沒有倒垃圾吧！？

小小草：你怎麼知道？

微觀：只是猜的

小小草：你今天都在幫他說話

微觀：我只是客觀分析

小小草：我承認，是我故意這麼做

微觀：妳想想，他累了一天，回到家還要洗衣服、掃地，心情一定不好，而且妳又天天往外跑，他認為妳有外遇很正常啊！我一點都不覺得意外

　　微觀這段話打完，小小草沒有回應，雖然覺得有理，但還在氣頭上的她，只能趴在電腦前面哭泣。

伍：背　叛

　　由於林志強長期需要加班，所以他已經有一陣子沒有出去玩，但老闆找到代替他的工讀生，所有他終於可以比較正常的生活，他準時下班回到家，不過，李小蘭並不在，反正已經習以為常，所以他就找了好朋友到撞球場，一邊撞球一面敘舊，接著又在路邊攤喝了點啤酒，微醺的他，回到家的時候已經晚上十一點。今天微觀一直沒有上線，所以李小蘭提早回家，晚上十點就坐在客廳看電視。

　　「去那裡了？」李小蘭問。

　　「找老朋友喝酒、聊天。」

　　「今天不用加班？」

　　「對啊！怎樣？」

　　「我沒錢了。」

　　「然後呢？」

　　「你這個沒良心的，我沒有工作，什麼錢都要靠你，你還裝蒜？」

「不是有給妳了？」

「那點錢怎麼夠？」

「妳想要多少？」

「一個月兩萬。」

「不可能，我還要繳房貸，最多只能給妳一萬。」

「不是有加班費？」

「我另有用途。」

「什麼用途？」

「存起來，萬一車子壞了，或是什麼東西壞了可以應急，我們到現在都還沒辦法存錢。」

「可是我已經沒錢了。」

「這裡是一萬，別亂花，我要去睡了。」

「怎麼又不在？」這是林志強第三天沒加班，他把家裡翻了一遍，自言自語說。

「濟民，一起去撞球吧！」林志強拿起電話撥了出去。

「老婆又不在？」

「對啊！」

「我帶你去玩好玩的。」

「去那裡？」

「等會你就知道。」

「這麼神秘。」

　　陳濟民是林志強的老朋友，兩人是高中同學，由於興趣相同，所以一直都保持聯絡。今天濟民開著他的白色轎車來載林志強，他們到了台中太平的某處，車停好之後，一塊小小的招牌，上面寫著：越南小吃。

　　「陳董，請跟我來。」一個女人帶著兩人進包廂。

　　「請坐，喝什麼？」那女人問。

　　「玫瑰紅還是啤酒？」陳濟民問林志強。

　　「玫瑰紅加雪碧跟冰塊。」林志強說。

　　「客家小炒、三杯中卷、滷豆干、滷牛腱、蚵仔酥。」陳濟民點了五樣小菜。

「沒問題，幾個妹？」

「一人兩個。」李濟民說。

「馬上來。」

「幹嘛來這裡玩？」林志強問。

「讓你釋放壓力啊！你應該幾個月沒開砲了吧？」

「半年了。」

「你跟小蘭怎麼了？」

「我懷疑她外面有男人，她最近天天往外跑，還跟我多要零用錢。」

「你沒滿足她？」

「每天家班，累得跟狗一樣，那有力氣。」

「要不要我幫你？」

「你吃得下去就吃吧！」

「開玩笑的啦！朋友妻，不可騎啊！」

「哇！你帶我來侏儸紀公園啊？」這時四個女人進了包廂，林志強第一句話就說出他的心聲，這些女人確實長相平凡、身材不算凹凸有致，有一個還滿臉青春痘。

「喝醉的時候，看不清楚，還不是一樣。」陳濟民說。

「真服了你，恐龍你也騎。」

「大哥，你說我們是恐龍嗎？」其中一個女孩坐到林志強右邊，在他耳邊輕聲細語。

「妳看，她那麼壯，像不像河馬？」

「他心情不好，別跟他計較。」陳濟民馬上過來打圓場。

六人喝了兩瓶玫瑰紅之後，陳濟民跟兩個女人在旁邊的沙發上做愛，林志強看著電視，拿著麥克風唱著正在播放的歌，陳一郎唱的紅燈碼頭，接著又唱葉啟田的浪子的心情，唱完之後，他抱著兩個女人，朝她們的臉頰各親了一下。

「你也想要嗎？」其中一個女人問。

「好啊！」

「一人一千。」

「兩千，我要做兩次」林志強拿出四千元。

「那有什麼問題。」

李小蘭今天又沒等到微觀，拿著林志強給她的一萬元，找了報紙上的指油壓，不過，跟她預期的不太一樣。

「舒服嗎？」一個三十歲左右的男人，已經將指壓油塗滿李小蘭的身體，並輕輕的幫她按摩，她趴在按摩床上表情非常滿足。

「還可以。」

「要不要來點特別的？」

「什麼是特別的？」

「可以讓妳慾仙慾死的。」

「好，如果不能讓我慾仙慾死，我就不付錢，行嗎？」李小蘭把心一橫，決定背叛林志強。

「那有什麼問題，接招吧！」

那男人慢慢脫去李小蘭全部的衣物，輕撫著她的胸部，接著按摩大腿肌肉，李小蘭不由自主的張開雙腿，男人開始輕按

28

陰部外側，接著輕撫陰部，然後將中指伸指她的陰部來來回回，已經半年沒有做愛的她，就像是一座火山，不過男人繼續撫摸她的全身各個敏感帶，終於，火山爆發。

「快來吧！我受不了了。」李小蘭對男人說。

「別急。」男人似乎想讓李小蘭畢生難忘，朝她的陰部兩旁不停的撫摸，李小蘭起身抱住男人猛親，這是她在婚後第一次跟別的男人做愛，也是此生最難忘的一次。

「怎樣？滿意嗎？」

「討厭，明知故問。」

「什麼時候再來？」

「再說吧！多少錢？」

「五千，謝謝。」

陸：冰點關係

自從李小蘭去過指油壓之後，整個人都變了，雖然她知道那個男人不可靠，可是，卻對那天的整個過程念念不忘，不過，

她已經沒有錢可以去了，於是，又把目標轉回微觀身上，只是林志強天天都準時回家。

「又要出去？」

「要你管。」

「別太晚回來，外面很多壞人的。」

「反正我被強姦，你也不會在意的，不是嗎？」

「說什麼鬼話？要不要一起去吃飯？」

「不要。」

小小草：你好多天沒上來了

微觀：忙啊！

小小草：忙什麼？

微觀：加班

小小草：如果你的老婆在外面有男人，你會怎樣？

微觀：當然是離婚

小小草：難道沒有挽回的餘地？

微觀：我不知道？雖然我很愛她，但我無法接受外遇

小小草：如果不是外遇呢？

微觀：午夜牛郎嗎？

小小草：差不多

微觀：還是不行

小小草：你們男人不是會在外面花天酒地

微觀：如果是公事，那叫做不得已，逢場作戲，隔天就忘了，不是嗎？如果是自己想去，當然不好，對吧！

小小草：好像有點道理

微觀：怎麼？妳跑到外面找男人了？

小小草：才沒有

微觀：一定有

小小草：有又怎樣，不關你的事

微觀：是不關我的事，只是站在朋友的角度關心而已

小小草：你真的關心我？

微觀：我們目前只能算是網友，有一點點交情的朋友

小小草：難道你沒想過要見面？

微觀：我怕妳會大失所望

小小草：有什麼關係，大不了以後少見面，當普通朋友

微觀：妳要考慮清楚

小小草：不用考慮了，什麼時候有空？

微觀：平常要上班，只有星期天有空

小小草：你想約那裡？

微觀：喝咖啡嗎？

小小草：喝啊

微觀：崇德路歐客佬知道嗎？

小小草：知道

微觀：那就星期天下午兩點，歐客佬二樓

小小草：好啊！

微觀：妳會穿什麼樣的衣服？

小小草：應該是藍色牛仔褲，花襯衫

微觀：我會穿黑色襯衫，如果我比較早到，會把照相機放桌上，這樣妳比較容易找到我

小小草：你真貼心

微觀：我該睡了，明天還要早起

小小草：晚安

微觀：晚安

「回來啦！」林志強剛洗完澡，李小蘭滿面春風的進門，完全不理他，直接走進房間，把星期天要穿的衣服拿出來檢查一番，然後再放回去，接著把珠寶盒裡的天藍色拓帕石項鍊跟戒指拿出來，戴上之後，看著鏡中的樣子後，露出非常滿意的笑容。

客廳裡，林志強打開電視，坐在沙發上喝悶酒，對於李小蘭的視而不見越想越生氣，叫了計程車，獨自來到越南小吃，他把怒氣全發洩在那兩個陪他的女人身上，發狂般的衝刺，終於，他還是累了。

「醉醺醺的，去找女人了，對嗎？」李小蘭問。

「對啊！怎樣？」

「林志強，你有種，找女人還敢承認。」

「有什麼不敢的，妳這幾個月天天往外跑，我還沒跟妳算帳呢！」

「我已經說過了，我只是去網咖。」

「去妳的網咖，是小王家吧！」

「林志強～」李小蘭氣得發抖，大叫之後再也說不出話。

「不說就是默認了。」李小蘭此時還真的說不出話。

「看吧！我就說妳在外面有男人了。」林志強又說。

「不跟你吵了，氣死我了。」李小蘭說完便拿起包包出門，她用力把大門一甩，碰！好大一聲，不過林志強已經醉了，沒什麼感覺。

李小蘭再度到網咖，把微觀所有的文章看一遍，為星期天的見面做準備，但微觀今天也是沒上線。

柒：見　面

　　星期天終於來臨，李小蘭化了淡妝，穿上藍色牛仔褲、花襯衫，脖子上跟小指上的拓帕石讓她看起來更顯高貴，她滿心期待的來到咖啡廳，點了一杯熱拿鐵後上了二樓，看了一下四周，沒有穿黑色襯衫的男人，也沒有人把相機放在桌上，於是找了一個位置坐下。她拿起手機看了時間一遍又一遍，事實上，這個時候才下午一點半，所以她用手機把微觀的文章看了幾篇，時間很快的就到了兩點。

　　跟李小蘭約好的男人，準時出現在二樓，他穿著黑襯衫，脖子上吊著一台單眼相機，左顧右盼之後，走向李小蘭。

　　「你怎麼在這裡？」李小蘭大吃一驚地問。

　　「我為什麼不能來？」林志強說。

　　「你來幹嘛？」

　　「找妳啊！」

　　「你什麼意思？」

　　「如果我沒猜錯的話，妳是小小草，對吧！？」

「你是微觀？」

「幸會。」

「騙人的吧！你怎麼可能是微觀！」

「那妳怎麼解釋我會穿黑襯衫，還有相機，也知道妳就是小小草。」

「這～」李小蘭啞口無言。

「本來我只是懷疑，沒想到妳前天晚上翻出這件好久沒穿的花襯衫，還穿著牛仔褲在鏡子前面搔首弄姿，那時我就已經猜到是妳。」

「是我又怎樣？我可沒對不起你。」李小蘭有些心虛。

「沒有嗎？指油壓很爽，對吧？」

「我不知道你在說什麼？」

「妳別告訴我妳沒去找這個人。」林志強拿出報紙，上面用紅色簽字筆圈了指油壓還有電話。

「沒有就是沒有。」

「就是他吧！」林志強把手機拿起，找出幫李小蘭指油壓那個男人的照片，然後將螢幕轉給她看。

「是又怎樣？只不過是按摩。」

「哈～妳把我當白癡嗎？按摩不找女人按，而且那裡面的味道，別告訴我妳只是去按摩。」

「什麼味道？」李小蘭還在裝蒜。

「裡面都是男人精液的味道，有新鮮的，也有過期的，垃圾桶裡面不是衛生紙就是保險套，妳還想騙我嗎？」

「好，我承認，我去過一次。」

「只有一次嗎？我不信，妳這幾個月天天往外跑，一定有問題。」

「你想怎樣？」

「我已經用微觀的身分告訴妳，要互相體諒，要把家裡整理好，可是，妳只想往外跑。」

「誰叫你要頂撞我，以前你總是對我百依百順的。」

「我也說要用**心**經營愛情，可是，妳完全不想付出，只想當女王，妳可曾想過我的感受。」

　　「是你自己說，要把我當成你的女王在服侍，不是嗎？」

　　「所以妳就把我當奴隸？」

　　「你不也是心甘情願的嗎？」

　　「我是說過，可是，沒想到妳完全不顧我的感受。」

　　「你自己說的，願意為我做任何事。」

　　「那也不能什麼家事都要我做，我還要上班，加班後有多累，妳知道嗎？妳不知道！妳只知道要把我當奴隸。」

　　「後悔了嗎？做不到就別隨便承諾。」

　　「哈～」林志強大笑著，所有的人都朝著他看。

　　「笑什麼？如果你不頂撞我，我們也不會走到這個地步。」

　　「哈～」林志強還是大笑，接著就轉身離去，回到家之後，拿出冰箱裡的啤酒猛灌。

　　李小蘭在林志強離開之後，開始嚎啕大哭，沒人安慰她，任由她大吵大鬧，她雖然知道是自己不對，但怎樣也拉不下臉

向林志強道歉，她可是女王啊！可惜，她現在已經沒有忠心的奴隸。

捌：女王的懺悔

回家之後，李小蘭開始收拾簡單的行李，打算回高雄跟媽媽住，離家之前，看了一眼這住了五年的房子，隨後就搭上計程車，往高鐵站去了。

高鐵上，李小蘭找到座位後再度拿起手機，看著她跟微觀的對話，確實，微觀的話非常有道理。

> 愛情很奇妙吧！喜歡的時候想要跟對方綁在一起，不喜歡了，就想把他一腳踢到外太空。
>
> 留面子給老公是很重要的，他是妳的男人，不是妳的奴隸。
>
> 既然沒有用**心**，那又怎能得到真愛？
>
> 如果我們兩個要開始談情說愛，就必須放棄各自的家庭。
>
> 其實妳心裡還有他，所以妳現在還沒辦法跟我談戀愛。

妳想想，他累了一天，回到家還要洗衣服、掃地，心情一定不好，而且妳又天天往外跑，他認為妳有外遇很正常啊！我一點都不覺得意外。

雖然我很愛她，但我無法接受外遇。

看著微觀的文章還有聊天紀錄，李小蘭似乎了解林志強要的是什麼了，可是，林志強會原諒她去指油壓的事嗎？一想到這裡，她就陷入了掙扎，林志強總是匆匆了事，做愛的時間從未超過五分鐘，為什麼？為什麼指油壓的那個男人，可以把前戲做的那麼足，甚至前戲就超過三十分鐘，那種飄飄欲仙的感覺真是前所未有，難道？她必須一輩子都要忍受短暫且無聊的做愛。

一路上想了很多的李小蘭，決定好好跟林志強談談，可是，她真的拉得下臉嗎？在跟媽媽相處的兩天裡，媽媽的話其實跟微觀那些話差不多，只是說法不同而已。

「你們除了要互相體諒，也要給他面子，男人最討厭老婆在外面罵他，這樣會讓別人以為他怕老婆，久而久之，他就會

開始反抗妳，等妳發現的時候，往往已經無法收拾。」李小蘭的母親說。

「好，我願意改。」

「說的簡單，妳要用**心**愛他。」

「媽，怎麼妳跟志強講一樣的話呢？你們有聯絡嗎？」

「沒有，半年前，他告訴我要一直加班，不能來高雄看我，就沒再聯絡。」

「記得，一定要用妳的真心去愛他。」

「我知道了。」

道別了母親，李小蘭回到台中的家，開始洗衣服，拿出吸塵器把地板吸得一乾二淨，再把地板拖兩遍，廚房也清理了，接著把一大包發臭的垃圾丟了，然後到附近的大賣場，把該補充的衛生紙、毛巾也買了，這個家，總算恢復正常，不過，醉醺醺的林志強一進門又讓兩人的關係陷入困境。

「去那裡了？怎麼又喝醉了。」

「要妳管。」

「我是關心你。」

「關心？妳是女王，我是奴隸，妳會關心我？哈～」

「我知道，你還在生我的氣。」

「生氣？我那裡敢，妳是女王，我怎麼敢呢？」

「所以，你不打算原諒我了嗎？」

「原諒什麼？慾仙慾死的指油壓？還是想跟網友微觀談戀愛？」說完後，林志強真的累了，倒在沙發上。李小蘭這時才發現，自己傷害林志強有多重。

「今晚有加班嗎？」第二天早上。

「不知道，要幹嘛？」

「我們需要好好談談。」

「再說吧！等我確定不用加班，我再告訴妳。」

「好，我等你的電話，再見。」林志強沒說再見，匆忙的出門，上班去了。

玖：離　婚

在家中等不到電話的李小蘭，獨自一人到附近的自助餐吃飯，看著來來往往的客人，許多都跟林志強一樣，身上髒兮兮，或是有工廠的味道，也有著同樣疲憊的表情，原來，林志強是真的累了。

「回來啦！」晚上九點半。

「對啊！我先去洗澡。」累了一天，林志強根本沒力氣講話了，洗完澡，就躺在床上呼呼大睡。就這樣，一連三天，他們都沒辦法好好說話。

「起來了，我想跟你好好談談。」星期天早上，李小蘭把說夢中的林志強吵醒。

「沒什麼好談的。」半夢半醒的他，立刻又睡著了。

「起來啦！」

「我好累，再讓我睡一會。」李小蘭看著眼前的林志強，赫然發現他多了許多白髮，於是，她不再吵他，默默地離開臥

室，她知道，兩人之間的裂痕難以癒合，所以，就暫時不再提要談話的事。

　　或許，命運注定兩人要被拆散吧！陳濟民的出現，讓李小蘭外遇的念頭再度燃起。

　　「這是你的車？」李小蘭比著陳濟民開的白色賓士。

　　「對啊！最近才買的，志強呢？」

　　「還在公司加班吧？要不要進來坐？」

　　「好啊！」

　　「喝什麼？」

　　「開水就好。」

　　「找志強有什麼事嗎？」

　　「敘舊，打撞球吧！」

　　「你們除了這兩件事，沒有去別的地方？」

　　「沒有，怎麼了？」

　　「沒事，問問而已。」

「聽志強說，你們很久沒做愛了，是真的嗎？」

「是真的。」

「這個蠢蛋，老婆這麼漂亮，竟然不會珍惜。」

「什麼意思？」

「沒有。」

「一定有。」

「好吧！我說了，妳可不能生氣。」

「你說吧！」

「之前，他告訴我，因為很累，所以不能滿足妳，我開玩笑跟他說，不然我幫他代勞，他竟然說好。」

「真的嗎？」

「當然是真的。」

「那你想要嗎？」

「妳是開玩笑的吧？」

「我像是開玩笑嗎？」李小蘭看著陳濟民的眼睛，慢慢靠近她，接著就直接吻了陳濟民的嘴唇，兩人就在客廳裡做愛，

平常喜歡花天酒地的陳濟民，學了許多的性愛招式，就跟那個指油壓男人一樣，李小蘭愛上了這種刺激的性愛，不過，紙是包不住火的，兩人的姦情還是被林志強撞見。林志強因為工廠周邊大停電，下午兩點半就回到家，門口停的是陳濟民的車，他心想，又沒有約他，而且每次約都是晚上，於是開門的時候非常小聲，只開了一個縫，就見到李小蘭跟陳濟民在客廳做愛，他偷偷把門關上，坐在門口哭泣。

「你怎麼坐在這裡？」陳濟民開門後，李小蘭問。

「不用說了，你們的事我都知道了。」林志強說。

「我先走了。」陳濟民看著垂頭喪氣的林志強說，接著就匆匆離去。

「妳喜歡他？」林志強問。

「有一點。」

「多久了？」

「三個月。」

「哈～看來最傻的就是我了。」

「你別這樣。」

「我這幾個月累得跟狗一樣，頭髮都白了，沒想到妳的回報就是這樣，哈～」

於是兩人選擇了離婚，不過，陳濟民並沒有再跟李小蘭聯絡，花天酒地習慣了，怎麼可能安定呢？

「離開我之後，要好好珍惜自己，別再隨便跟別人上床。」

「都要簽字了，還要酸我。」律師事務所裡，兩人似乎還想吵架。

「我是認真的，我建議妳去驗血，昨天陳濟民打電話給我，說他得到梅毒。」

「什麼？」李小蘭聽了之後嚇了一跳。

「妳聽到了，順便去驗愛滋吧！我聽那個指油壓的男人說，他做愛都沒戴保險套。」

「我知道了。」

「珍重。」

「再見。」

李小蘭離開律師事務所之後，再也沒有回到台中，搬回高雄陪媽媽住，林志強在半年後，因為過勞而死在工廠內。

「小蘭，我是陳濟民，我要告訴你一件事。」

「說吧！」李小蘭拿起手機。

「志強死了，是過勞死。」

「我知道了。」

「妳不來參加喪禮嗎？」

「不了，我根本就不愛他，不是嗎？」

「總是夫妻一場。」

「還敢講，都是你害我得到梅毒。」

「對不起。」

李小蘭掛斷電話，眼淚還是沒有忍住，那個深愛她的男人死了，但再多的眼淚也無法回到從前了。

同床不愛你

壹：老夫老妻

　　一個年約四十的女人，把車開進一個巷子，到底的時候她把車停好，打開行李箱，然後她先去打開大門，再回頭拿了許多東西，進了大門後，地上堆了許多雜物，只剩一點點的空間可以走路，她側著身子，雙手舉高才能把手上的東西通過那裡，好不容易走到另一個門，她把東西放下，打開門之後，左邊那兩公尺高的角鋼架，寬四公尺，堆滿了東西，後面那個房間也是，通過樓梯之後，到達廚房，她把剛剛買的丸子跟青菜放入冰箱，這時她的 Line 傳來了訊息。

謝力剛：晚上吃什麼？

林憶如：不知道！

謝力剛：李記炒麵？

林憶如：前天才吃過，不要

謝力剛：溫州大餛飩？

林憶如：不要

謝力剛：潮州牛肉麵？

林憶如：不要

謝力剛：那妳到底想吃什麼？

林憶如：隨便

謝力剛：燒臘？

林憶如：我說了，隨便

謝力剛：生氣了？

林憶如：沒有

謝力剛：明明就有

林憶如：沒有就沒有

謝力剛：那我買燒臘好了

林憶如：隨～便～

　　這女人叫林憶如，是個園藝老師，家中堆滿了相關的材料，剛剛下課的她，只想上樓，到浴室裡沖澡，於是，她把皮包拎著，快步走上二樓，把衣服找好後放在床上，便脫光衣物，來

到浴室門口，卻發現電燈不亮，只好摸黑洗澡，當她把身體擦乾，走出浴室後，謝力剛正坐在床上看著電視。

「等一下我要去上課。」謝力剛並沒有看著她說。

「說過幾遍了，把你的課表拍起來，Line 給我就好了，不必特別交代。」林憶如一邊說一邊穿衣服。

「便當我放樓下，我先走了。」林憶如沒有回話，因為她正在為電燈的事生氣，時間是一週前。

「老公，浴室的燈泡壞了，麻煩你換一下。」
「好。」但過了三天，燈泡還是沒換。

「老公，浴室的燈泡壞了，麻煩你換一下。」
「好。」又過了三天，燈泡還是沒換，今天已經是第七天，林憶如會生氣不是沒有原因的，因為謝力剛並不是沒時間，他每天下午五點準時下班，時間多的很，況且材料行就在附近，來回只要十分鐘不到。

　　穿上輕便寬大的衣服後，林憶如坐在梳妝台前卸妝，這時她臉上的斑都露出來了，皮膚略顯乾澀，此時的她已經餓了，走到樓下的廚房，打開便當。

　　「幹，怎麼是叉燒？明知道我不愛吃甜的。」她的眼淚就這樣從眼角流下，把便當蓋起來後，她拿出丸子，煮了一鍋丸子湯，然後把便當裡甜的叉燒挑掉，開始吃飯。吃飽之後，她拿起手機，切到 Line 的畫面。

林憶如：回家的時候記得換浴室的燈泡

　　不過謝力剛正在上課，並沒有回應。於是林憶如上了二樓，打開電視，選了一部連續劇，在床上看，也許是累了，她睡著了，當她醒的時候，已經是凌晨一點，她必須摸黑上廁所，因為謝力剛還沒回家，燈泡依舊是壞掉的那一個。凌晨三點五十，謝力剛像是小偷般的，輕輕的走上二樓，但林憶如沒睡。

　　「去那裡了？」林憶如看著電視問。

　　「上課啊！」

　　「九點就下課了，就算你去墾丁上課也該到家了。」

「我累了，有什麼事明天再說。」謝力剛沒有解釋他去那裡，因為他有秘密。

　　接下來的幾天，林憶如天天催謝力剛換燈泡，不過，謝力剛就是沒換，也不解釋，林憶如只好自己到附近的材料行買燈泡，她一邊換燈泡，一邊掉淚，心想，她的男人是不是有外遇了？

　　「燈泡換好了？妳自己會換，幹嘛一定要我換。」這句話再度刺傷林憶如的心，她要的只是謝力剛多關心家裡，她沒有回話，因為想到去年夏天的颱風來臨，三樓的加蓋在漏水，謝力剛隨便敷衍了事，結果造成家具、衣物、棉被都沾了不少髒水，後來還必須自己找工人來處理漏水，還把自己的私房錢貼了出去。

　　「抓漏水的工程總共需要八萬，你能出多少？」

　　「我要繳房貸，那裡還有錢？」謝力剛雙手一攤，完全不想理會這件事的樣子。

　　「連五千都沒有嗎？」

「我每個月還要拿一萬回家，那裡還有錢？」

「好，我知道了。」於是林憶如明白，謝力剛是不可能拿錢出來的。

貳：冷言冷語

於是林憶如決定多賺些錢，她知道謝力剛已經靠不住，必須自立自強了。

「我要多兼一些課，每週四天。」林憶如說。

「能賺多少錢？」

「一萬多吧！」

「那我以後不用買便當了嗎？」

「錢你出，便當我去買。」

「在那裡上？」

「教育大學推廣部。」

「我知道了。」說完之後謝力剛倒頭就睡。

但開課不是那麼容易的，要準備很多材料，還要有學生，招生一向是最困難的。

　　「課沒開成，我沒錢了，先給我五千。」

　　「我現在沒有。」

　　「不是剛領薪水？」

　　「貸款跟我爸媽已經拿走三萬。」

　　「那你應該還有兩萬八，為什麼沒錢？上課賺的應該也還有一萬多，不是嗎？」

　　「沒有就沒有，聽不懂嗎？」

　　「五百有吧！」

　　「拿去。」謝力剛心不甘情不願的從皮夾裡拿出一千元。

　　「我要回家兩天，便當自己買。」

　　「發生什麼事了嗎？」

　　「沒有，陪我媽出去走走而已。」

謝力剛並沒有依照課表上課，他的課其實也沒開成，那麼，他到底去了那裡？

「麗珍，妳到了嗎？」謝力剛撥了電話。

「到了，等我一下。」台中公園的側門，徐麗珍盛裝打扮，上了謝力剛的車，他們開到附近的一家高級餐廳，並進去用餐，林憶如跟在後面，一直等到他們用餐完畢，接著謝力剛跟徐麗珍去看了電影，林憶如這才意識到謝力剛真的外遇了。

但這並不是最糟的，謝力剛的外遇不止一人。雖然這次一樣是跟縱到高級餐廳，但用餐完畢後，他們上了高速公路，沒多久，林憶如就跟丟了。於是她從豐原交流道掉頭，下了高速公路之後旋即迴轉。謝力剛則是載著一個女人到了大甲，他們到了一家汽車旅館。接下來的日子裡，林憶如並沒有再跟蹤謝力剛了，因為她的課開成了，雖然學生不多，但聊勝於無，總是有點收入。

謝力剛：這兩天放假，我要回大甲，妳要一起嗎？

林憶如：沒空，要上課

謝力剛：課不是沒開成

林憶如：已經有六個人報名

謝力剛：了，那我自己回去

「爸，我回來了。」

「力剛，怎麼憶如又沒回來？」謝力剛的老家，他的父親問。

「她要上課。」

「你們這麼忙，什麼時候要生小孩？」

「不知道！」

「憶如已經四十歲了，再不生，可能就來不及了。」

「對啊！太晚生很危險的。」謝力剛的母親從廚房走到客廳。

「媽！別催了，我們已經很少那個了。」

「這怎麼行？」

「我們現在經濟壓力很大，沒辦法生，都要工作啦！」

「好吧！她不能生，你想辦法跟別人生，可以嗎？」

「我盡量。」謝力剛的父母會這樣逼他是有原因的，因為他的弟弟謝文材是個麻煩製造者，一天到晚闖禍，如果他不生，謝家的香火就到此為止，所以也不顧媳婦的想法了。

「文材呢？怎麼不在？」

「昨天去法院報到，直接送去台中監獄了。」

「他怎麼了？」

「吸毒，這次要關三年半。」謝力剛的母親一面說，一面擦去眼淚。

「唉～」謝力剛長嘆一口氣後，就沒再說話。

　　一個人在家的林憶如，早已習慣沒有謝力剛的日子，她到廚房煮一碗麵，加一顆蛋，幾片青菜，簡單的吃，為了省錢，就這樣度過了無數個午餐、晚餐、宵夜，吃飽了便洗碗，洗碗時偶爾會想跟謝力剛離婚，因為他們已經是一對假面夫妻，但離婚後該怎麼辦？於是林憶如一直沒開口。

謝力剛：我媽又催我們生小孩了

林憶如：沒錢養，怎麼生

謝力剛：我知道

林憶如：知道就別再提了

謝力剛：難道妳不想要？

林憶如：這個問題沒必要再討論，除非你能解決錢的問題

謝力剛：我的薪水就這麼多，上課的錢也不多

林憶如：那就別再想了

　　確實，錢是大問題，但謝力剛花太多錢在外遇才是問題的根源，他為了外面的女人，把房貸的期限從二十年變成三十年，因此他現在的貸款，每個月只需要繳一萬五千，那是五年前的事，換句話說，他已經外遇五年多了。林憶如看了繳款書後，悄悄到了地政事務所，查了房子的貸款設定，看到了這個狀況後，她的心裡已經有譜，她的婚姻已經快要走到盡頭了。

參：心灰意冷

年輕的時候，謝力剛對林憶如是百依百順，把她捧在手心上，可是隨著時間的流逝，他們已經相識二十多年，結婚也十二年了，兩人之間的相處早已沒有交集。

「我要去上課了。」謝力剛說。

「喔！」林憶如沒看他一眼，繼續滑手機。

當晚，謝力剛又是凌晨才回家，林憶如已經睡了一覺，躺在床上滑手機一小時多了，此時已將近三點。

「去那裡了？」林憶如冷冷地問。

「有事處理。」謝力剛並不想回答，因為那要編謊言，他現在已經連謊言都不想編了。

「大餐好吃嗎？」

「什麼大餐？」他雖然裝做不知道，但起了戒心。

「那個女人漂亮嗎？跟我比，誰比較漂亮？」

「妳在說什麼？我怎麼聽不懂？」

「你少裝蒜了，你的課根本沒開成，你去公園那裡，只是為了接一個女人，不是嗎？」

「她只是國小同學。」

「真的嗎？那你可以解釋，為什麼你要跟她去汽車旅館？而且不止一次。」

「妳跟蹤我？」

「不需要跟蹤，你的學生告訴我的。」

「那個學生這麼雞婆？」

「幹嘛？你想對他怎樣？」

「沒有。」

「我現在終於知道，你為什麼會沒錢給我了，你把錢都花在她身上了，對嗎？」

「既然妳已經知道了，那我就不必再解釋了，我累了。」

謝力剛說完便倒頭就睡，竟然連鞋都沒脫，這下林憶如火了，她大聲叫著。

「謝力剛！你給我起來。」但沒有得到回應。

　　林憶如的眼淚瞬間飆了出來，她再也止不住淚水，一個人走到樓下的廚房，那裡有張破椅子，她坐在上面，打開手機，Line 的聯絡人中，有一個男人叫做李瑞豐，他一直在等林憶如離婚，因為林憶如已經跟他訴苦不下十次了，而謝力剛的行蹤，也是他去調查的。

林憶如：睡了嗎？

李瑞豐：還沒，通常早上六點睡

林憶如：可以過來陪我嗎？

李瑞豐：現在？

林憶如：對

李瑞豐：好，給我二十分鐘

林憶如：慢慢來

李瑞豐：好

林憶如：老地方見

李瑞豐：沒問題

從兩人的對話就知道，他們已經在這裡見面許多次了。但他們之間是清白的，至少目前為止是這樣，因為那是一間便利商店，他們總是在凌晨見面，謝力剛每次外遇後，倒頭就睡的凌晨，李瑞豐總是非常有耐心的聽林憶如訴苦，今天也不例外。

　　「他又跟別的女人出去了？」林憶如點頭不語。

　　「喝什麼？飲冰室茶集好嗎？」

　　「我要紅的。」林憶如說。

　　「好。」

　　李瑞豐拿著兩瓶紅色飲冰室茶集結帳，林憶如則趁機擦去眼裡的淚水。

　　「他終於承認了，可是，他完全不想解釋。」

　　「他還愛妳嗎？」

　　「我不知道？」

　　「可是妳還愛著他。」

　　「我好痛苦，可是不知道該怎麼辦？」

就這樣，李瑞豐再度陪著林憶如到天亮，那是他該睡覺的時候，當林憶如回到家，謝力剛還在呼呼大睡。

肆：外遇多年

那是五年前的事了，謝力剛在國小同學會上，徐麗珍的出現，開啟了他外遇的門。

「徐麗珍？」謝力剛懷疑的眼神看著濃妝艷抹的她。

「對啊！你還認得我。」

「過得好嗎？結婚了沒？」

「沒有，還是單身。」

「怎麼不結婚？」

「沒人追啊！你來追我嗎？」

「我已經結婚了。」

「有什麼關係，我要的是快樂，你應該也是吧！？」

「可是…」謝力剛欲言又止。

「都幾十歲的男人了，還這麼害羞，跟我來。」兩人一前一後的進了廁所，徐麗珍主動的吻了謝力剛，兩人似乎想在這裡做愛。

　　「等等，我們可以去別的地方嗎？」謝力剛問。

　　「好啊！汽車旅館怎樣？」

　　謝力剛點頭，兩人一聲不響就離開了同學會，到附近的汽車旅館翻雲覆雨去了。

　　「怎樣？高興嗎？」徐麗珍問。

　　「沒想到妳的功夫這麼棒。」

　　「你也不錯啊！」

　　「我們還會再見嗎？」

　　「當然，只要你想起我，我就跟你出來。」

　　「好，可是不能太招搖，畢竟我算是公眾人物。」

　　「我知道，我又不是笨蛋，你出名了，我一樣會被放大檢視。」

　　就這樣，兩人三天兩頭的往汽車旅館跑，最後，乾脆租一間套房，當他們想做愛時，就會到這間套房，那，最近跟謝力剛去汽車旅館的，又是誰呢？這是另一個故事了，謝力剛到全聯買東西，遇到了高中同校的女生，雖然是隔壁班的，但因為是林憶如的閨蜜，所以謝力剛對她很熟悉。

　　「雅婷？妳是陳雅婷對吧？」謝力剛在結帳時，在櫃台認出了她。

　　「謝力剛？你怎麼會在這裡？」雅婷一面結帳一面說。

　　「我在附近上班啊！」

　　「這麼巧？」

　　「怎麼在這裡上班呢？」

　　「被裁員啊！老公不爭氣，去年離婚了。」

　　「我懂了，幾點下班？一起喝杯咖啡。」

　　「好啊！晚上十一點，會不會太晚？」

　　「不會，幾點都可以。」

一間二十四小時營業的咖啡廳，兩人坐在靠窗的位置聊了一個多小時，李瑞豐在另一個角落看著他們聊天，當然，他假裝看雜誌跟滑手機。

　　「既然妳現在單身，那我就直說了。」謝力剛說。

　　「你說，我在聽。」

　　「妳願意當我的小老婆嗎？如果生了小孩，我就把妳扶為正宮，跟憶如離婚。」

　　「你開玩笑的吧？」雅婷半信半疑看著他。

　　「我是認真的，雅婷！其實以前我也喜歡過妳，只是當時妳有男朋友了，所以我才把目標轉向憶如。」

　　「當真？」

　　「當然是真的。」

　　「可是，你能給我什麼？」

　　「一個月給妳一萬五的生活費，生了小孩後，我爸會把鄉下的田賣掉，當成養小孩的本錢，那塊地應該值三千萬吧！」

「如果你願意先簽下協議書，說這麼做的話，我可以得到一千萬，我就幫你生小孩，不過，我要先看到地政資料。」

「沒問題啊！明天一起去申請。」

「好，我會找律師把協議書寫好。」

「一切都依妳。」

於是協議書寫好了，那塊地賣了八個月終於成交，陳雅婷得到了一千萬，也幫謝力剛生下小孩，但她不願跟謝力剛一起生活，小孩斷奶後，她就只願意一週照顧小孩三天，另外四天由謝力剛的父母照顧，兩個老人家知道自己理虧，只好勉強答應。轉眼間，小孩已經三歲。

伍：攤牌時刻

林憶如：另一個女人的事怎樣了？

李瑞豐：妳真的想知道？

林憶如：當然

李瑞豐：我可以告訴妳，但妳能答應我別做傻事嗎？

林憶如：有那麼糟？

李瑞豐：比妳想像的還糟很多很多

林憶如：什麼？

李瑞豐：準備好了嗎？

林憶如：等等，我們還是見面再說

李瑞豐：什麼時候？

林憶如：等等陪我吃飯，吃完飯再告訴我

李瑞豐：好，我開車去接妳，好嗎？

林憶如：你有車？

李瑞豐：二十年的破車，很少開

林憶如：好，坐你的車

李瑞豐：等等見

林憶如：沒問題

　　便利商店外，李瑞豐早已在那裡等待，林憶如遲遲沒有出現，李瑞豐等得有點不耐煩了，一會下車，一會走進去買飲料，卻始終不見林憶如，她遲到了七十六分鐘。

「想吃什麼？」車外，李瑞豐問。

「牛肉麵好嗎？」

「當然好。」

「你看什麼？」

「妳今天的妝跟平常不一樣。」

「新的牌子，試試看而已。」

「喔！」

「可以走了嗎？我好餓。」

「那上車吧！」

「坐我的車好嗎？」

「可以啊！我把車停好一點就走。」

「這台車好小。」林憶如的車上，李瑞豐說。

「反正只有我一個人開，這樣就夠了。」

「去那吃？」

「上次那間。」

「有點遠耶。」

「可是我喜歡啊！」

「了解。」

「幹嘛一直看著我？」

「妳明知道，又何必問。」

「我幫不了你。」

「我可以等。」

「隨便你。」

「工作順利嗎？」

「只有幾個人報名，很辛苦，你呢？」

「現在的收入不多，至少有飯吃。」

「不打算找別的工作？」

「我已經快五十歲，沒人會僱用我的。」

「開課呢？」

「教攝影嗎？」

「對啊！」

「那要準備很多教材，而且我說話的聲音很小。」

「有麥克風啊！」

「喔！」

「我明天幫你問，要嗎？」

「好，多一份收入也不錯。」

「這樣才對。」

開二十分鐘的車，他們到了一家牛肉麵店，狹窄的老房子，破舊的一切，門、窗、桌椅、設備，但林憶如就是愛吃，李瑞豐已經陪她吃過兩次。

「吃飽了，好滿足。」林憶如微笑地看著李瑞豐。

「我也飽了。」

「我準備好ㄌ，你可以說了。」

「確定嗎？」

「確定！」

「好！」李瑞豐從藍色牛仔包中拿出一個牛皮紙袋，遞給林憶如。

「這什麼？」

「妳要的答案。」

「這麼多？」

「三年的照片都在這裡。」

「這小孩是誰的？」

「應該是他們生的。」

「為什麼不早告訴我？」

「我暗示妳很多次了，可是妳都不願意面對。」

林憶如沒再開口，眼淚直流，即使妝花了也不在乎了，她起身付錢，然後上車。

「其實我早就在懷疑了，只是我一直騙我自己。」林憶如哭紅了雙眼。

「別哭了，我們去看看油菜花海，好嗎？」

「我現在沒那個心情，讓我靜一靜。」

「好，等妳想去的時候再告訴我。」

終於到了攤牌時刻，林憶如把那一疊照片放在謝力剛的枕頭上，獨自開車回娘家去了。謝力剛回家後，看著自己被偷拍的照片，他馬上用 Line 傳了訊息。

謝力剛：妳知道她了？

林憶如：嗯

謝力剛：妳也知道那是我的小孩了？

林憶如：嗯

謝力剛：妳打算怎麼辦？

林憶如：離婚吧！別辜負人家了

謝力剛：好

林憶如：這麼乾脆？

謝力剛：不然呢？

林憶如：律師我已經安排好，你下週一請假吧！

謝力剛：我知道了

林憶如：我會先回雲林住一陣子，等你搬走再回來

謝力剛：可是房子還有貸款

林憶如：你要去結清啊！你爸賣地的錢有三千多萬

謝力剛：妳怎麼知道的

林憶如：若要人不知，除非己莫為

謝力剛：我要問我爸

林憶如：那就別問了，你連贍養費都不肯付，對嗎？

謝力剛：妳別這樣，有話好說

林憶如：我跟你已經沒什麼好說，你可以給我房子或是五百萬，兩樣都給我也可以

謝力剛：好吧！房子給妳，我會盡快把貸款結清

林憶如：對了，照片我已經寄給你爸媽，他們也知道了

「爸。」謝力剛回到父母家。

「憶如知道了？」

「對。」

「你們打算怎麼辦？」

「離婚，憶如要求我把房貸結清，然後過給她。」

「那要四百多萬耶。」謝力剛的母親有意見。

「媽，賣地的事她也知道，如果房子不給她，她就要五百萬。」

「打官司呢？」謝力剛的母親問。

「我一定輸的，還可能會丟了工作跟名聲。」

「什麼意思？」

「憶如認識記者，如果惹惱了她，這些照片就會上週刊的，到時倒楣的還是我。」

「好吧！就把房子給她。」謝力剛的母親一臉無奈。

　　謝力剛在公司附近找到了出租的房子，只搬走了他的衣物、貴重物品跟必需品，他沒有回頭再看這住了多年的房子，開著車離開，並心不甘情不願的把房貸繳清，然後過戶給林憶如，兩人的關係徹底絕裂。

陸：等愛的女人

林憶如：我辦好離婚了

李瑞豐：什麼時候的事？

林憶如：前幾天

李瑞豐：了解

林憶如：什麼時候有空？

李瑞豐：怎麼了？

林憶如：你不是要帶我去看油菜花？

李瑞豐：現在可能都沒有了

林憶如：還有什麼花可以看？

李瑞豐：櫻花，想看嗎？

林憶如：好啊！

李瑞豐：明天早上可以嗎？

林憶如：可

李瑞豐：幾點？

林憶如：我都睡到中午

李瑞豐：那就一點吧！

林憶如：好

李瑞豐：要叫妳起床嗎？

林憶如：不用

李瑞豐：明天見

林憶如：掰

「今天沒化妝？」李瑞豐坐在駕駛座看著林憶如。

「很醜，對嗎？」

「不會，我比較喜歡妳現在的樣子。」

「真的嗎？沒騙我？」

「當然是真的，妳沒化妝反而更漂亮了。」

「你今天油嘴滑舌的，一點都不像你。」

「是嗎？妳今天也不一樣，神采飛揚。」

「我餓了，先去買東西吃。」

「出發。」

　　兩人在車上有說有笑，那是林憶如第一次上他的車，面對這個比自己大八歲的男人，她心裡已經有了答案。李瑞豐是個非常體貼的男人，能夠幫她完成的，絕不會讓她動手跟操心，唯一讓她擔心的是他的工作。

　　「工作順利嗎？」林憶如問。

　　「還可以。」

　　「現在一個月賺多少？」

　　「快四萬，我這把年紀了，有人肯花四萬請我，已經很好了。」

　　「你兒子呢？」

　　「他現在青春期，比較叛逆，現在剛好跟我一樣高。」

　　「這麼大了？」

　　「對啊！沒想到他已經十四歲了。」

　　「我已經四十一歲，不能生了。」

　　「生小孩後很辛苦的，妳不一定可以承受的。」

「怎麼那麼悲觀？」

「不是悲觀，是經驗。」

「怎麼說？」

「小孩會闖禍，還會讓人擔心，還有，現在的他很會吃，早晚被他吃倒。」

「哈～～～還好我沒生。」林憶如笑得很燦爛。

「到了。」

「哇！好漂亮。」林憶如看著車窗外的櫻花。

「今天人好少。」

「平常很多人嗎？」

「去年帶朋友來，根本沒地方停車。」

李瑞豐幫林憶如拍了一些照片，這算是兩人的第一次約會吧！因為他們在這之前，不像今天的氣氛這麼好，心情也沒有今天這麼好，而且林憶如不再抱怨謝力剛的事了。快樂的時光總是飛快的過去，但李瑞豐還不確定兩人的關係，他對林憶如

的態度還是跟以前一樣，有點謹慎，保持距離。但林憶如就不一樣了，她主動抓住李瑞豐的雙手。

「冰不冰？」

「妳的手怎麼那麼冷？」

「對啊！所以我很怕冷。」

「等等去便利商店，買一瓶熱阿華田給妳。」

「我不喜歡喝甜的。」

「不是喝，是拿來溫暖妳的小手。」

「嗯！」林憶如笑得很開心，眼前的男人，是這樣子呵護自己，她覺得很幸福。

「還要看嗎？」

「不看了，走吧！」

這天起，兩人的關係產生了微妙的變化，原本苦等林憶如的李瑞豐，不必再等了，因為林憶如開始主動約他。

林憶如：什麼時候有空？

李瑞豐：都有空

林憶如：不必工作？

李瑞豐：都完成了，可以休息幾天

林憶如：我想去竹山挖竹筍

李瑞豐：好啊！

林憶如：還有別人喔！

李瑞豐：沒關係啊！好玩就好

林憶如：她們是我的學生

李瑞豐：了

林憶如：明天早上出發

李瑞豐：好，我去載妳

　　車上除了兩人，還有兩個女人，年齡也都是四十多歲，三個女人一路上有說有笑，李瑞豐專心開車，因為這些路段他從未來過。

　　「老師，怎麼沒介紹你的朋友。」一個女人問。

「妳們不是看過了？他去過教室兩次啊！」

「對齁。」

那是幾年前的事了，李瑞豐剛喜歡上林憶如，但那時林憶如還愛著謝力剛，只把他當成普通朋友。

「你怎麼來了？」

「來看妳上課啊！」

「你會害我被誤會。」

「好吧！以後不來就是。」

「沒事的話請你先離開，我還要上課。」

「好，再見。」

「再見」

李瑞豐垂頭喪氣地離開。但如今不一樣了，幾年之後，他漸漸的被林憶如接受。

柒：乾柴烈火

林憶如：在忙嗎？

李瑞豐：沒有

林憶如：可以幫我搬東西嗎？

李瑞豐：不重的就可以

林憶如：都不重

李瑞豐：現在嗎？

林憶如：對

李瑞豐：三十分鐘到

林憶如：好，車直接停門口

李瑞豐：了

　　雖然李瑞豐已經到過她的家外面，卻是頭一遭進屋內。

　　「要搬什麼？」李瑞豐問。

　　「那個人不要的，全都幫我拿到外面。」

　　「然後呢？」

「用貨車載去他家。」

「這樣好嗎？」

「這是他要求的。」

「我懂了，很多嗎？」

「一車應該裝得下。」

「妳說的貨車是外面那台嗎？」

「對啊！手排的，會開嗎？」

「沒問題，以前我也曾經有過一台一樣的。」

「現在呢？」

「早就報廢了。」

「開始搬吧！」

　　花了幾個小時，貨車被塞得滿滿的，林憶如給他一個地址，那是謝力剛的老家，他在之前跟蹤的時候就去過了。到了之後，謝力剛並不在，只有他的父母親在，李瑞豐只得將東西一樣樣搬的老遠，這時，李瑞豐有些累了，因為他並沒有睡好，但為了林憶如，他什麼都肯做。他拿起舒跑，一口氣將整瓶喝光，

稍微休息了十分鐘又繼續搬，直到全部完成，然後把貨車開去還。

林憶如：搬好了嗎？

李瑞豐：貨車剛還

林憶如：我去載你

李瑞豐：可以先吃飯嗎？我很餓了

林憶如：好啊！想吃什麼？

李瑞豐：妳喜歡吃什麼？我們就去吃什麼！

林憶如：好，等我

　　接下來的幾天，李瑞豐天天都在幫忙搬東西。

　　「今天是要丟我的東西，很多都壞了。」

　　「妳的東西也太驚人的多了。」

　　「以前上課的材料，剩下的就拿回家，越積越多。」林憶如吐了舌頭。

　　「再吐一次。」

「什麼？」

「沒有。」

「到底說什麼啦？」

「妳吐舌頭的樣子很可愛。」

「又油嘴滑舌了。」

「我是實話實說。」李瑞豐深情款款地看著她。

「真的嗎？」林憶如越來越靠近他並問。

「真的。」此時兩人的距離不到幾公分，林憶如主動吻了他。毫無心理準備的李瑞豐，顯得有些緊張與不安，畢竟他已經十五年沒有碰女人了，上一次做愛，就是有了兒子的那次，那是好久以前的事了。

「你好緊張。」

「因為妳啊！」

「放輕鬆，不然怎麼繼續呢？」

「好。」李瑞豐閉上眼睛幾秒，將自己的心情切換至年輕時的狀態。乾柴烈火之後，兩人赤裸裸地躺在床上。

「搬過來跟我住，好嗎？」

「妳確定？」

「確定！」

「好。」

「你兒子呢？」

「他跟我爸媽住一起，已經習慣了。」

李瑞豐開始收拾行李，準備跟林憶如同居。這幾年來，他的努力其實都看在林憶如眼裡，只是林憶如不願背上外遇的醜名，一直跟他保持距離，但現在她已經離婚，沒有這個包袱，她也就接受李瑞豐的愛了。

「家裡很亂，你可不能笑我。」

「我來整理。」

「很多東西耶。」

「一天做一些，不用十天就很整齊了。」

「可是，你不能把東西收到我看不見。」

「放心，我會在箱子外面標示物品清單，然後做一本索引給妳的。」

「這倒是個好方法。」

接下來的日子，李瑞豐把房子整理的非常乾淨，林憶如非常滿意，也用親密的關係獎賞了李瑞豐，剛剛住在一起的兩人，非常甜蜜。

「你最近沒工作嗎？怎麼都在整理房子。」林憶如問。

「有啊！這些成品都是最近完成的。」

「可是我沒看到你做啊！」

「妳睡覺的時間比較久，我通常只睡六小時，然後再找時間小睡半小時。」

「只睡這樣夠嗎？」

「習慣了。」

「你的老闆什麼時候要幫你加薪？」

「別急，我打算多餘的時間做網拍，這樣比較自由，收入雖然不是很固定，但應該不會比全職差。」

「要很多本錢嗎？」

「不用，那些都是以前的存貨。」

「可以賺多少錢？」

「很難說，有時候掛零，有時候幾萬，平均一萬多吧！」

「感覺好少。」

「在不影響正式工作的情況下，我覺得已經很多了。」

「如果我也投入呢？」

「應該會再多一至兩萬吧！」

「好，那我也要做。」

「好啊！不過，萬事起頭難，剛開始不要期待太高。」

「我知道。」

「那就這樣決定了。」李瑞豐摟著林憶如，親吻她的臉，然後抱她上床。

捌：各取所需

謝力剛自從離婚之後，必須加入照顧小孩的行列，時間變得很少，但徐麗珍並不理會，兩人的對話，依舊辛辣火熱。

徐麗珍：最近都不來找我，你是不是又喜歡上別人了？

謝力剛：最近忙啊

徐麗珍：忙就可以把我晾一旁嗎？

謝力剛：妳想怎樣？

徐麗珍：我下麵給你吃

謝力剛：好，我也好久沒吃了

徐麗珍：記得把我最愛的香蕉帶來

謝力剛：沒問題

徐麗珍：別讓我等太久，麵涼了就不好吃了

謝力剛：那就等我出發再煮啊！

徐麗珍：什麼時候過來？

謝力剛：等我一小時

徐麗珍：好

於是他們兩人每週見面二至三次，見面的目的就是親熱，有時甚至沒有說上話就分開，但徐麗珍並不在乎，只要謝力剛準時交房租、生活費，她也就滿意了，因為像謝力剛這樣的男人，她有三個，另外兩個都是五十多歲，他們雖不是包養她，但給的錢也夠她生活了，她愛的不是這三個男人，她只是要他們養她而已，而這三個男人，也只是解決生理需求，並未珍惜徐麗珍，而是各取所需。

受到父母壓力的謝力剛，找了陳雅婷談大事。

「我爸媽希望我們結婚，這樣小孩才有人照顧。」

「可以啊！不過我有條件。」

「妳說看看。」

「我不做家事，洗衣服、洗碗、掃地、煮飯都不做。」

「好，妳只要專心把小孩照顧好。」

「另外，每個月零用錢一萬五。」

「沒問題，我一年給你二十萬，行嗎？」

「這麼乾脆？」

「妳為什麼這麼問？」

「這太不像你了。」

「是我爸的意思，他年紀大了，打算把另一塊地也賣掉，不種田了。」

「好，如果要結婚，要拍婚紗、辦婚宴。」

「這是當然。」

「我不生第二胎，因為我已經四十多了。」

「我知道。」

「還有別的事嗎？」

「沒有。」

「我有事要說。」

「什麼事？」

「你常常去找的狐狸精，不能再去了，不然你就不要碰我，只跟她親熱。」

「妳在說什麼？」

「別裝蒜了，這是她的照片，對嗎？」陳雅婷拿出徐麗珍的照片，還有一張是謝力剛擁抱她的照片。

「妳都知道了？」

「這種女人，玩玩就好，我不希望她得了性病，透過你傳染給我。」

「妳說什麼？」

「自己看吧！」陳雅婷拿出徐麗珍的一疊照片，裡面除了那兩個五十多歲的男人，還有十幾個男人的照片。

「好，我懂了，我馬上換電話，以後不跟她聯絡了。」謝力剛心涼了半截，因為他做愛時都不戴保險套。

「說到要做到。」

「是，老婆大人。」但陳雅婷給了他一個白眼。謝力剛則是匆匆跑到醫院做檢查。

後來，陳雅婷還是不讓謝力剛碰她，因為謝力剛狗改不了吃屎，再度外遇，至於對象是誰已經不重要了，他跟陳雅婷注定要做一對假面夫妻。

而李瑞豐是真心愛著林憶如，雖然賺的錢不多，但兩人過得很甜蜜，他們同心協力讓生活變好，除了李瑞豐的正業：模型的原型製作，網拍也達到預定的目標，林憶如開課的狀況也都算是順利，她現在欠的只是名分而已。

　　「我爸希望你可以娶我。」林憶如說。

　　「要去見岳父岳母大人了嗎？」

　　「你不是早就見過，已經三次了，不是嗎？」

　　「對啊！可是那時候妳還沒離婚。」

　　「其實我爸很喜歡你。」

　　「那妳呢？」

　　「貧嘴，再不正經就把你甩了。」

　　「妳捨得嗎？」

　　「你試試看！」

　　「這樣呢？」李瑞豐給她深深一吻。

　　「這還差不多。」

　　「聘金要多少？」

「六十六萬。」

「這麼多？」李瑞豐聽完面色如土。

「瞧你嚇得魂都飛了，什麼都不用，只拍婚紗、宴客，這樣就行了。」

「好，挑個好日子吧！」

國家圖書館出版品預行編目資料

網戀枕邊人／藍色水銀　著. —初版.—
　臺中市：天空數位圖書　2021.04
　　面：公分
　　ISBN：978-986-5575-29-8（平裝）

863.57　　　　　　　　110005883

發　行　人：蔡秀美
出　版　者：天空數位圖書有限公司
作　　　者：藍色水銀
編　　　審：璞臻有限公司
製 作 公 司：真文小商有限公司
版 面 編 輯：採編組
美 工 設 計：設計組
出 版 日 期：2021 年 04 月（初版）
銀 行 名 稱：合作金庫銀行南台中分行
銀 行 帳 戶：天空數位圖書有限公司
銀 行 帳 號：006-1070717811498
郵 政 帳 戶：天空數位圖書有限公司
劃 撥 帳 號：22670142
定　　　價：新台幣 240 元整
電子書發明專利第　I　306564 號

紙本書編輯印刷：
電子書編輯製作：
天空數位圖書公司　E-mail：familysky@familysky.com.tw　http://www.familysky.com.tw/
地址：40255台中市南區忠明南路787號30F國王大樓　Tel：04-22623893　Fax：04-22623863